# Les Pozzis

Brigitte Smadja

# Les Pozzis

## 3. Léonce

*Illustrations d'Alan Mets*

Mouche
*l'école des loisirs*
11, rue de Sèvres, Paris 6ᵉ

Du même auteur à *l'école des loisirs*

Collection MOUCHE

*Les Pozzis*
1. *Abel*
2. *Capone*
4. *Adèle*

*Dans la famille Briard, je demande… Joseph*
*Drôles de zèbres*
*Halte aux livres !*
*Une histoire à dormir debout*
*Lilou*
*Ma princesse collectionne les nuages*
*Ma princesse disparaît dans le couloir*
*Ma princesse n'est plus ma princesse*
*Marie est amoureuse*
*Maxime fait des miracles*
*Nina Titi*
*Pauline n'a pas sa clé*
*La plus belle du royaume*
*Un trésor bien caché*
*Le ventre d'Achille*

© 2010, l'école des loisirs, Paris
Loi n° 49.956 du 16 juillet 1949 sur les publications
destinées à la jeunesse : septembre 2010
Dépôt légal : septembre 2010
Imprimé en France par l'imprimerie Pollina , L55119

ISBN 978-2-211-20275-6

*Pour Raphaël*

*Dix petites choses à savoir pour
se promener dans le pays des Pozzis*

1. Le pays des Pozzis est formé d'un immense tapis de mousse verte. Sur ce tapis, il y a des lacs. Pour les traverser, les Pozzis ont construit et continuent à construire des ponts.

2. Les Pozzis mesurent environ vingt centimètres et peuvent changer de robe aussi souvent qu'ils le souhaitent : il suffit d'un peu de concentration. Ils peuvent en avoir des imprimées, des à rayures, des à pois et même des à carreaux.

3. Ils ont une corne unique, une vraie. Mais ils peuvent en avoir des fausses. Ils les sculptent eux-mêmes et ils se les collent sur le front grâce à la bouillasse spéciale collante, pour faire joli.

4. Les Pozzis vivent dans des grottes autour du marais. Ils en ont une chacun.

5. Ils ne se nourrissent que de potage. Le potage peut être soit tiède, soit chaud, soit froid.

6. Un bébé Pozzi est un bébé pendant quinze jours maximum et il habite dans la grotte du chef. Après, c'est fini, il est grand et il est prêt à avoir sa grotte pour lui tout seul et à mener sa vie.

7. À partir de cent neuf ans, les Pozzis sont vieux et leur robe devient définitivement noire, mais ils vivent encore longtemps, jusqu'à environ deux cent sept ans.

8. En principe, ils sont tous musiciens. Leur instrument préféré est la flûte.

9. Les Pozzis ont un chef. Il est vieux et il a une robe noire, bien sûr, mais avec des fils d'argent, et, même s'il est le chef, elle ne peut pas changer de couleur.

10. À la lisière du pays des Pozzis, il y a le Lailleurs où nul ne s'aventure parce que le Lailleurs fait trop peur.

# 1

Depuis qu'elle est la chef des Pozzis, Léonce a très souvent mal à la tête. Ignace lui a donné des poudres spéciales à verser dans son potage du soir mais rien ne l'apaise.

Le jour où l'ancien chef Capone est devenu tout blanc, elle a été désignée pour lui succéder. Seulement voilà, Léonce ne s'y attendait pas. Elle n'était pas prête. Capone a bien frotté sa corne unique contre la sienne et il a eu le temps de dire tout ce qu'il savait, mais bien des choses ont été murmurées trop bas ou trop vite pour qu'elle les retienne.

À l'époque, Léonce n'avait pas cent neuf ans et elle pouvait avoir des robes de toutes les couleurs. Elle avait encore envie de construire des ponts, d'organiser le concours du plus grand avaleur de potage les jours merveilleux de Récréation, de traverser le marais sur ses échasses, de jouer de sa flûte-arrosoir et de chanter. Bref, elle avait encore envie de s'amuser et surtout de ne pas penser à des choses compliquées.

Cette nuit-là, comme tant d'autres nuits, Léonce ne dort pas. Dans sa tête, des mots résonnent. *Abel, pâleur, extralucideur, boule de feu, Miloche, doré, nuage rose, Antoche*, et d'autres mots inconnus comme par exemple, *serre-pont* ou bien *arbêtre*. Qu'est-ce qu'un serre-pont ? Pourquoi faudrait-il serrer les ponts ? Qu'est-ce qu'un arbêtre ? Arbitre, peut-être, mais arbitre de quoi ? Et cet autre encore qui siffle comme une atrocité : *Verlaseeeer, Verlaseeeer ! Verlaseeeer !*

Elle se tourne et se retourne au moins dix fois et, les yeux bien ouverts, elle se répète tous ces mots qui font une ronde sans fin.

Derrière l'un des murs de sa grotte, elle entend la respiration d'Abel. Ce sont des gémissements, des sifflements et des soupirs. Or Abel devrait ronfler la nuit, comme n'importe quel Pozzi. « Abel a le Don, Abel est un extralucideur. Si un malheur vient du Lailleurs, Abel vous préviendra grâce à des signes. » C'est la première chose que Capone lui

a transmise, mais Léonce ne se souvient plus des signes. Elle essaie, mais sa tête lui fait mal. De rage, elle s'arrache un poil blanc.

Dehors, le ciel est rose orangé. Il est encore très tôt. Elle range sa grotte et jette un coup d'œil sur les dessins incompréhensibles qui ornent le mur. Capone n'a pas eu le temps de lui en parler ou bien il lui en a parlé, et elle n'a rien compris. Elle s'arrache un deuxième poil blanc.

« Chhhhuuuut », lui murmure une douce voix que Léonce entend pour la première fois.

Elle coiffe sa longue barbe dont elle se sert tantôt comme écharpe, tantôt comme turban. Aujourd'hui, elle la sépare en deux tresses et elle les décore de fleurs immortelles, celles qui sont derrière la grotte, près de la cascade. Léonce en cueille et respire leur parfum qui l'enveloppe tout entière. D'un seul coup, son mal de tête disparaît.

Dans le reflet de l'eau, elle se voit. C'est très joli toutes ces fleurs jaunes dans sa barbe et même si elle a une robe noire depuis qu'elle est chef, et pour toujours, elle a le droit d'être jolie comme tous les Pozzis. Elle a l'air beaucoup plus grande, aussi. Décidément quelque chose a changé aujourd'hui.

Elle descend dans le marais et elle attend.

## 2

Le premier à s'asseoir à côté d'elle est Abel. Il a dû arriver sur la pointe des sabots car elle ne l'a pas entendu.

Pour quelqu'un qui a le Don, Abel n'est vraiment pas très doué. Tout juste capable de lancer des boulettes-rectangles très loin et de faire rire tout le monde. Toujours gentil et serviable, mais toujours à rêvasser.

— Tu n'as pas ta robe bleue à marguerites, Abel ?

Abel baisse les yeux sur sa robe d'un bleu délavé.

— Je n'ai pas réussi à me concentrer à cause de tous ces bruits dans ma tête.

Abel espère que Léonce va lui poser d'autres questions, mais elle est déjà debout et ne le regarde plus.

De toutes les grottes du marais descendent les Pozzis et Léonce les accueille, agitant sa clochette de chef en signe de bonjour. Certains se frottent encore les yeux, d'autres ont leur bol de potage à la main. Ils finissent de le boire et le jettent sur un tas de terre qui servira pour la bouillasse spéciale collante.

Ignace est parmi eux. Léonce l'a aperçu de loin car il est différent des autres jours. Aujourd'hui, lui aussi, il a une robe noire pareille à celle de Léonce.

Il s'appuie sur un bambou sculpté et il avance très lentement. Ça lui donne une belle démarche de patriarche. Tous les Pozzis autour de lui font silence. Ce n'est pas tous les jours qu'un Pozzi a cent neuf ans.

— Alors Léonce, et cette nuit ? dit-il aussitôt qu'il la voit. Mal à la tête, encore ? Il n'est pas bon de mal dormir, le sommeil est essentiel. Tiens, ajoute-t-il en lui tendant un bol de potage vert fluo.

Ignace est si impressionnant que Léonce ne trouve rien à répondre. Au moment où elle saisit le bol, Abel fait un pas en avant. Il touche son collier brillant, un cadeau de Capone, il lève la tête et il désigne le ciel avec un large sourire. Tous les Pozzis lèvent la tête, même

Ignace, puis ils la baissent. Pour eux, il n'y a rien à voir, mais ce matin, pour Abel et Léonce, dans l'immense étendue bleue, il y a un nuage rose de la forme de Capone Pozzi.

Les chefs se transforment en nuage rose ! se souvient Léonce, et elle éclate de rire.

Elle rit de bonheur en se tenant les côtes devant les Pozzis ahuris. D'habitude, la voix de Léonce est toujours enrouée. D'habitude, elle se sert de sa barbe comme d'une écharpe, mais pas aujourd'hui. Aujourd'hui, son rire ressemble à la musique de la cascade. Elle tient toujours le bol de potage vert fluo. Elle n'en boira pas une seule goutte.

– Merci Ignace. Je vais beaucoup mieux, et elle fait exprès de renverser le bol et de le laisser tomber.

Si la robe d'Ignace n'était pas définitivement noire, elle deviendrait pourpre ou violet, c'est sûr tant ses yeux sont furieux.

## 3

Comme c'est l'heure de la distribution des tâches, les Pozzis attendent. Mais ce matin, Léonce prend une décision.

– Aujourd'hui ne sera pas un jour comme les autres, dit-elle.

– Pourquoi, aujourd'hui ? demande Ignace.

– Parce que, répond Léonce et ça lui paraît être la meilleure des réponses. Une réponse de chef. Aujourd'hui, tout sera exactement comme hier, poursuit-elle… sauf pour certains d'entre vous que je vais nommer. (Murmures dans l'assistance, changements de couleurs de robes, agitation des clochettes, silence). Antoche et Adèle, vous passez dans l'équipe des assembleurs de briques. (Adèle saute de joie et toutes ses clochettes, ses colliers, ses bracelets font une musique pour dire merci. Antoche, lui, ne dit rien, il s'incline et c'est tout.) Ulysse, Alysse, et Miloche, vous ne serez plus ramasseurs d'herbe, vous irez dans l'équipe des fabricateurs de boulettes-rectangles pour les ponts. (Hurlements, trépignements, hourras). Quant à toi Abel, tu seras surveilleur du Lailleurs, conclut Léonce.

— Je suis déjà surveilleur du Lailleurs, ça ne change rien pour moi, dit Abel, très déçu.

— Aujourd'hui je te demande de ne vraiment rien faire d'autre. Tu es un extralucideur, n'oublie pas.

— Un extralucideur ! s'exclame Ignace. Mais comment peut-on croire une chose pareille ?

Antoche hausse les épaules et ricane. Léonce tape du sabot.

— Je le répète devant vous tous : Abel est un extralucideur.

— Prouve-le, dis-nous les signes, ordonne Ignace, et comme il a une robe noire, tout le monde l'écoute.

Pendant plusieurs secondes, Léonce reste silencieuse. Ignace tape trois fois avec son bâton. Certains Pozzis osent un coup d'œil rapide vers le Lailleurs, puis ils se détournent. D'autres observent Abel et dodelinent de la tête.

Antoche et Ulysse font un pas en direction d'Ignace.

Vite, il faut faire quelque chose, sinon Léonce connaîtra la honte. Et si Léonce connaît la honte, alors, elle ne sera plus chef et si elle n'est plus chef, que deviendra-t-elle ? Est-ce que ça a déjà existé un Pozzi-chef qui n'est plus chef ?

« Chhhhuuuut », lui dit la petite voix.

Elle aspire l'air embaumé du matin, elle sourit au nuage rose de Capone, elle caresse sa barbe parfumée d'immortelles et elle invente une mélodie nouvelle pour les Pozzis.

Le premier à la suivre est Abel, puis Adèle, puis ils la suivent tous en chœur et quand le chant est fini, les Pozzis ont des robes couleur d'harmonie. Ils sont réunis autour de leur chef. Elle a été désignée.

Elle sait ce qu'elle dit. Elle connaît les secrets.

Les Pozzis se dispersent dans le marais et même si les jours se ressemblent, ils sont contents. Il faut dire que les Pozzis ont peu de souvenirs. C'est le chef qui les a tous, normalement. Le passé, eux, ils s'en fichent. La plupart ont déjà oublié le nom de Capone. Quant aux noms des anciens chefs, aucun ne s'en souvient.

# 4

Les pattes derrière le dos, Léonce s'apprête à faire le tour du marais. Si elle n'était pas chef, elle le ferait à l'aide de ses échasses, mais depuis qu'elle est chef, elle n'ose plus. Ignace ne la quitte pas des yeux, elle sent son regard derrière elle. Brusquement, elle se retourne.

– Que veux-tu, Ignace ?

– On reconnaît un extralucideur grâce aux signes, et tu ne les as pas dits.

– Les secrets doivent être gardés derrière des portes bien fermées. Ma parole suffit, dit Léonce.

Elle lève la patte droite et désigne à Ignace son équipe, celle des fabricateurs de poudres à potage. Il hésite, mais finit par la rejoindre en s'appuyant sur son bâton.

Léonce se dirige alors vers les trois plus jeunes Pozzis. Ils sont vifs, surtout Ulysse, celui aux yeux très verts. Il prend de la boue, il la lance d'une patte à l'autre et, le temps de taper cinq coups de sabot, hop, la boue se transforme en boulette-rectangle. Déjà Alysse et Miloche l'imitent et si leurs boulettes ne sont pas aussi parfaites, elles sont admirables, pour un premier jour. Caché derrière un buisson, Abel essaie lui aussi, mais il n'y arrive pas.

— Abel ! l'interrompt Léonce, tu ne te souviens déjà plus de ta mission ?

– Je voulais… je voulais… Eux, ils savent déjà, tandis que moi, tandis que moi…

– Toi, tu es beaucoup plus important, tu es celui qui voit Capone. Celui qui peut nous sauver des dangers du Lailleurs. Va faire ton travail, Abel !

À mesure que Léonce prononce ces mots, le visage d'Abel s'illumine.

Il ferme les yeux et sa robe devient bleu foncé. Elle n'a qu'un seul pois bleu turquoise, mais c'est une belle robe quand même.

— J'y vais, dit Abel, je vais m'approcher pour mieux voir.

Il est bien le seul à ne pas avoir peur du Lailleurs. N'est-ce pas déjà une preuve ? pense Léonce tout en observant Miloche.

Ce Pozzi-là n'est pas comme les autres. Il n'aime pas trop les couleurs, et ça ne plaît pas à Léonce. Chaque jour, il est un peu plus pâle.

*Pâleur.* Encore un mot qu'elle a entendu dans la nuit. Miloche va-t-il devenir transparent ? Va-t-il disparaître ? Est-ce un signe ? Et de quoi ?

« Chhhhuuuut », lui dit la petite voix.

— Alors Miloche, tu t'en sors bien ?

— Pas aussi bien qu'Ulysse et Antoche, mais ça va.

Ah Antoche ! Celui-là donne bien du souci à Léonce car il ne sourit plus depuis longtemps et il a souvent des colères. Léonce le surveille de loin. Adèle lui parle et il n'est pas content. Sa robe devient légèrement pourpre et pour se calmer, il se roule par terre. Se rouler par terre est l'une des vingt-deux façons de combattre la colère.

Léonce hésite. Doit-elle intervenir ? Il y a encore tant de choses à faire, comme par exemple, vérifier les stocks de provisions, organiser un ramassage de papillons bleus et, comme tous les jours à l'heure où le soleil est très haut, aller près de la cascade vérifier s'il n'y a pas de

nouveaux bébés. C'est si fatigant parfois d'être chef. Elle laisse Antoche et Adèle se débrouiller. Ils sont grands, après tout.

## 5

Or, la colère d'Antoche ne s'est pas cal-
mée et quand Adèle s'approche de lui
pour le chatouiller (les chatouilles sont
une autre façon de calmer la colère), la
robe d'Antoche passe du pourpre au
violet sans qu'il puisse l'en empêcher. Il
déteste Adèle parce qu'elle aime bien
Abel et il déteste Abel parce que tout le
monde l'aime bien.

Il donne à Adèle des coups de cornes
et, comme ce matin, il en a quatre, ça fait
mal. Elle lui décoche un petit coup de

sabot dans le flanc gauche. Antoche se
rue sur elle et les voici qui roulent l'un
sur l'autre. Antoche arrache tous les colliers et toutes les fausses cornes qui lui
tombent sous les pattes.

Devant cette scène étrange, les Pozzis ont cessé leur activité. Que se passe-t-il ? se demandent-ils tous. Où est Léonce ? Que fait la chef ?

Ignace s'approche de la bataille à grands pas en agitant son bâton. Sa chance est enfin venue. La chef n'est pas là alors qu'un vrai drame a lieu. La chef ne les protège pas de la violence. La chef n'est plus la chef et il faut un autre chef et ce sera lui car il a une robe noire et des poils blancs et il possède le plus beau des bâtons sculptés.

Heureusement, Léonce a entendu la clameur s'élever du marais et en moins de temps qu'il n'en faut pour le dire, elle se tient devant Antoche à l'instant où il s'apprête à saisir l'oreille d'Adèle entre ses mâchoires.

— Que fais-tu, Antoche Pozzi ? s'exclame-t-elle en voyant Adèle renversée et les colliers piétinés.

Léonce foudroie Antoche et ses yeux lancent des éclairs si puissants que tous les Pozzis mettent une patte devant leur visage pour ne pas les voir, même Ignace.

À présent, il faudrait qu'Antoche demande pardon. Il faudrait qu'il parle au moins, mais sa langue reste collée à son palais comme s'il avait avalé de la bouillasse spéciale collante.

Léonce attend. Antoche la regarde, il a le front plissé et les yeux minuscules. Les Pozzis sont si silencieux qu'on entendrait une mouche voler, sauf qu'il n'y a pas de mouches dans le marais. Léonce croise le regard d'Ignace. Il veut

sa place, elle le sait, mais il ne l'aura pas, foi de Léonce Pozzi. Elle respire une de ses fleurs immortelles pour se donner du courage et dire ce qu'un chef doit dire en pareil cas.

— Antoche, tu redeviendras ramasseur d'herbe et tu n'auras pas le droit de participer au concert. Pas de flûtes, pas de chants jusqu'à nouvel ordre.

Dans le marais, on entend un long mugissement qui se répercute très loin et toutes les robes des Pozzis deviennent marron, couleur de boue, pendant quelques secondes.

Être ramasseur d'herbe est une très grave punition pour un Pozzi de l'âge d'Antoche. Cette tâche est réservée aux plus jeunes et à Abel, qui jusqu'alors était trop lent pour faire autre chose.

— Antoche, demande pardon ! supplie Abel.

— Il ne l'a pas fait exprès ! intervient Adèle.

— Si ! Je l'ai fait exprès, je voulais lui faire mal, crie Antoche.

— Silence ! Tu seras ramasseur d'herbe, tu n'assisteras à aucune fête et si tu continues, si tu continues…

Léonce essaie de se souvenir d'une punition plus grave encore mais elle ne se souvient pas.

En guise de réponse, Antoche se métamorphose. Sur sa robe, grandit une boule de feu, une vraie boule de feu.

*Boule de feu !* Encore une chose qu'elle a entendue au cours de son insomnie. Comment arrêter l'incendie ? Comment empêcher une catastrophe ?

« Chhhhuuuut » ! lui murmure la petite voix.

Léonce lève les yeux au ciel et voit le nuage rose de Capone. Elle écarte les bras, ferme les yeux, puis elle s'approche d'Antoche et frotte sa corne de chef contre son front. Aussitôt, la boule de feu disparaît et la robe d'Antoche devient jaune soleil.

On entend un « ouuuuuuuufffff » très long qui se propage très loin et les Pozzis font la danse du Soulagement. Les robes redeviennent très gaies et tout rentre dans l'ordre. Antoche se dirige vers sa grotte, chacun retourne accomplir sa tâche. Même Ignace.

## 6

Le ciel est d'un bleu un peu plus sombre, l'après-midi s'achève. Miloche est en train d'assembler deux boulettes-rectangles, mais au moment où il se relève, il voit une petite chose bizarre, là-bas, vers le Lailleurs. Elle ne bouge pas et se tient une patte en l'air. Qu'est-ce que c'est ? Il aimerait bien le savoir. En a-t-il le droit ? De toute façon, Ulysse et Alysse ont déjà presque fini de construire un nouveau pont et n'ont pas besoin de lui.

La chose est plus loin qu'il ne le pensait, c'est pour ça qu'elle lui paraissait si petite. Quand il est tout près, il voit une statue, mais quand il est encore plus près, il n'en croit pas ses yeux. Flûtedezut et Zutdeflûte, c'est Abel, son Pozzi préféré.

Miloche lui parle, lui met une patte sur l'épaule, le secoue, mais Abel ne répond pas et il a les yeux dilatés en direction du Lailleurs comme s'il voyait quelque chose d'énorme. Miloche a peur et comme c'est la première fois qu'il a peur, il a encore plus peur. Alors il court à la recherche de Léonce, il la trouve et lui explique ce qu'il a vu.

Les voici partis si vite que les tresses de la barbe de Léonce se défont et qu'elle perd ses fleurs immortelles. Derrière elle, Miloche les ramasse.

Quand Léonce arrive enfin devant Abel, elle constate qu'il tremble très fort. Pire, des larmes coulent de ses yeux, or les Pozzis ne pleurent jamais. C'est un signe, Léonce n'a plus aucun doute.

— Abel, vite, dis-moi ce que tu vois.

— Spi… Spirale.

— Quoi ? Répète plus fort !

Abel a du mal à respirer.

— Il a dit *spirale*, intervient Miloche et comme il trouve ce nouveau mot très beau, il le répète très fort. Spi-ra-le !

En une seconde, la robe noire couverte de fils d'argent de Léonce se transforme en météore. Elle roule sur elle-même et fonce à une vitesse telle que certains Pozzis entendent siffler dans leurs oreilles sans même la voir. Elle arrive jusqu'à sa grotte et déjà elle en ressort en sonnant dans la Corne du Grand Rassemblement. Hélas, Léonce a tellement couru que son souffle est moins puissant qu'elle ne le voudrait.

Les Pozzis interrompent leurs activités et se réunissent autour de leur chef. Calmement, Léonce leur annonce la nouvelle. Du Lailleurs arrive la Spirale. Abel, l'extralucideur, l'a dit et il restera dans la grotte du chef, avec elle, aussi longtemps qu'il le faudra.

Dès que Léonce a prononcé le mot *spirale*, les robes de tous les Pozzis se sont couvertes de rayures zigzagantes, sauf celle d'Ignace, définitivement noire. Les Pozzis ont certes peu de mémoire, mais à part les plus jeunes, tous connaissent un Pozzi qui a connu un Pozzi qui a connu un Pozzi qui a connu un Pozzi qui a vu

la Spirale et ils savent qu'elle annonce un désastre. Peut-être la fin de leur monde.

Léonce leur donne des ordres et sa voix n'est ni enrouée ni tremblante. Ignace en est tout surpris. Avant de se quitter, les Pozzis se donnent la patte et chantent la mélodie du Réconfort. Leurs voix s'appellent et se confondent. Enfin, sur un mugissement d'Abel, les yeux toujours fixés sur le Lailleurs, tous, rejoignent leurs grottes dont ils ne sortiront plus jusqu'à nouvel ordre. Tous, sauf Ignace.

Il propose à Léonce de passer cette nuit en sa compagnie. Elle pourrait avoir besoin de lui.

— Je me tiens à ton service, Léonce, dit-il en mettant un genou à terre. Après toi, c'est moi qui ai le plus d'expérience.

Contre toute attente, Léonce accepte.

En marchant derrière elle et Abel, Ignace ne peut s'empêcher de se frotter les pattes. Si ça se trouve, Abel a dit n'importe quoi. Si ça se trouve, il ne se passera rien. Si ça se trouve, Léonce s'est trompée. Alors, ce sera lui, Ignace, le chef.

Le ciel est devenu sombre et au loin quelque chose gronde tandis que Léonce ferme la lourde porte de sa grotte.

# 7

Par la fenêtre secrète de Léonce, assis sur une chaise haute, Abel voit le ciel devenir violet. La Spirale n'est pas encore là, mais elle ne va pas tarder. Il préférerait que Léonce soit assise à côté de lui, mais la chef ne tient pas en place. Elle parle toute seule, elle triture sa barbe, elle s'arrache des poils, et elle marche de long en large. Pendant ce temps-là, tout en observant l'agitation de Léonce, Ignace prépare du potage en chantonnant.

Soudain, Léonce arrête sa déambulation, elle se masse les tempes avec une pâte jaune, elle soupire, prend ses échasses qu'elle n'a plus utilisées depuis qu'elle est chef, elle se précipite vers la porte et l'ouvre en grand. Le vent renverse les objets, fait un immense bazar, tandis que Léonce hurle à Abel de quitter sa chaise et de la suivre dehors. Ignace qui n'a jamais vu un chef ou une chef devenir fou ou folle, les accompagne. C'est sûr, demain sera un grand jour pour lui.

Dans la nuit et le déchaînement des éclairs, dans le bruit des tambours, Ignace a peur, mais pas Léonce. Elle est derrière Abel et lui parle à l'oreille.

— Regarde le Lailleurs et concentre-toi, Abel, s'il te plaît. Concentre-toi très fort. Toi seul en es capable.

À ce moment-là, Abel s'immobilise et sa robe devient dorée. Ignace n'a jamais vu ça. Ainsi Abel aurait le Don et Léonce aurait raison ?

Devant la grotte située sur la plus haute pente du marais, Abel devient une lumière orangée comme celle d'un phare pour les naufragés. Derrière lui, Léonce ausculte la nuit. La Spirale est encore faible, mais elle a déjà détruit deux ponts. La pluie est encore fine, mais bientôt les lacs déborderont. Enfin, au loin, elle distingue un cri. Et Ignace l'entend aussi. C'est la voix d'un Pozzi.

Aussitôt, Léonce grimpe sur ses échasses et plonge dans la nuit.

— Reviens, Léonce, c'est trop tard ! hurle Ignace.

Grâce à la lumière d'Abel, Léonce, avance à grands pas, suspendue au-dessus des lacs, en direction du Pozzi perdu. Elle n'a plus peur de rien ni de personne et elle s'approche de plus en plus près du Pozzi terrifié. Elle se penche au risque de perdre l'équilibre, elle déroule sa longue barbe et la lance au Pozzi qui la saisit et s'y cramponne comme à une corde. Il grimpe lentement et il bascule sur le dos de Léonce. Péniblement, ils retournent vers la lumière. La porte s'est refermée et Abel a regagné sa place près de la fenêtre secrète.

Quand Ignace prend le Pozzi dans ses bras, il voit le visage d'Antoche. Léonce l'a sauvé. Léonce est une vraie chef.

— Tu peux rentrer chez toi, à présent, Ignace. Ta grotte est proche et la Spirale n'est pas encore arrivée. Tu as le temps, dit simplement Léonce en rangeant ses échasses.

Elle a bien fait de les garder.

## 8

Dans la grotte de Léonce, Antoche dort. De temps en temps, Abel lui donne du potage tiède à la paille. Il reste assis sur sa chaise verte et il s'approche tout contre lui quand il l'entend gémir.

Vingt jours s'écoulent ainsi. Très souvent, Abel regarde par la fenêtre. Il n'oublie pas qu'il est extralucideur et surveilleur du Lailleurs. La Spirale ne reviendra plus, mais Léonce a raison d'être prudente.

Enfin, un matin, très tôt, Antoche se frotte les yeux et se réveille en souriant. Il est très maigre, il a une robe grise, couleur de chagrin, et tachée, il n'a plus de bijoux et il est presque laid.

Il regarde Abel, sa robe délavée et son sourire un peu bête, et il lui tend les pattes.

Après sa punition, Antoche n'a pas ramassé d'herbe, il s'est sauvé loin, beaucoup trop loin et il n'a pas entendu la Corne du Grand Rassemblement. Il demande pardon à Léonce, plusieurs fois. Il essaie de dire autre chose, mais Léonce l'interrompt et lui ordonne de se reposer.

Par la fenêtre secrète, tous les trois contemplent le pays des Pozzis. Un immense tapis de boue séchée et de petits lacs sales.

– Nous reconstruirons les ponts, dit Antoche à Abel et je t'apprendrai à faire des boulettes-rectangles.

– Le soleil est déjà là, bientôt, il y aura de la mousse et l'herbe va repousser et je la ramasserai parce que sans herbe, on ne peut pas faire les boulettes-rectangles pour construire les ponts, et sans les ponts, on ne peut pas traverser les lacs et vivre dans notre marais, dit Abel.

Abel a bien parlé. Léonce mugit d'admiration, Antoche applaudit.

En attendant que la Corne sonne et que tout redevienne comme avant, Antoche va apprendre à Abel à faire des guirlandes, des colliers, des bracelets et des boucles d'oreilles. Il lui sculpte trois magnifiques fausses cornes et pour Léonce, un bâton en bambou avec des dessins gravés comme de la dentelle, beaucoup plus beau que celui d'Ignace.

Bien sûr, Léonce est heureuse d'avoir sauvé son peuple et pourtant, très souvent, elle a les yeux sombres et elle doit piétiner sa tristesse. À cause d'une idée noire qui la traverse et que la petite voix dans sa tête ne parvient pas à chasser.

# 9

Enfin arrive le jour où Léonce sort de sa grotte et souffle dans la Corne du Grand Rassemblement. Cette fois, le son est très puissant et tous les Pozzis descendent vers le marais en une lente procession. Antoche et Abel portent tous les deux une robe identique, bleu marine à pois bleu turquoise, et Léonce les précède. Le pays est dévasté et les Pozzis devraient être très malheureux, mais ils ne le sont pas. Ils sont fiers de leur chef et d'Abel, leur extralucideur. Léonce a donné la preuve et Ignace a perdu. D'ailleurs, il s'incline très bas devant elle et sa longue barbe grise balaie le sol.

Dans la foule joyeuse, seule Léonce ne l'est pas. Elle cherche quelqu'un. Elle fixe un à un tous les Pozzis rassemblés et elle murmure :

— Adèèèèèèèèèèle ! Adèèèèèèèèèèle !

En entendant ce nom, Antoche a peur. Beaucoup plus peur que lorsqu'il était perdu dans la nuit. Lui aussi maintenant appelle Adèle et personne ne répond. Il recommence et c'est le même silence.

Affolés, les Pozzis courent à droite, à gauche, appellent encore et encore, mais Adèle n'est plus dans le pays des Pozzis et Ignace réfrène un sourire de satisfaction.

— Tu n'as pas fait l'appel, Léonce, tu as sauvé Antoche et abandonné Adèle, dit Ignace en tapant plusieurs fois son bâton sur le sol.

Or, les Pozzis ne peuvent pas vivre en abandonnant l'un des leurs, ils ne peuvent pas accepter une disparition sans cérémonie. Si un Pozzi manque à l'appel, alors le peuple des Pozzis risque de rétrécir au point de devenir aussi petit que celui des fourmis.

C'est la Consternation. Les Pozzis deviennent d'une même couleur grise et ils sont obligés de se serrer les uns contre les autres pour ne pas tomber. Tous ont les

yeux fixés sur Léonce. Elle regarde Abel, le ciel, elle retire sa clochette de chef et s'apprête à la déposer au centre du cercle.

Ignace se précipite pour la saisir, mais Antoche retient son geste, repose la clochette sur la corne de Léonce et prend la parole.

— C'est à cause de moi qu'Adèle n'est plus là. (Les Pozzis se redressent.) Je me suis enfui et elle m'a suivi. (Les Pozzis tapent du sabot pour qu'il continue). Je ne l'ai plus vue et j'ai cru qu'elle était revenue sur ses pas. (Les Pozzis regardent Léonce, mais elle ne dit rien, elle sourit en fixant un point dans le ciel).

— Que comptes-tu faire, Léonce ? interroge Ignace qui espère encore qu'elle va lui donner sa clochette de chef.

— Que comptes-tu faire, Antoche ? répond-elle en souriant à Antoche.

— J'irai chercher Adèle ! proclame-t-il en brandissant son sabot en direction du Lailleurs.

— Moi aussi ! dit Abel suivi de Miloche, d'Ulysse et d'Alysse.

Léonce se caresse la barbe.

— C'est bien. Alors, vous irez, foi de Léonce Pozzi.

Elle se balance d'avant en arrière et sa clochette sonne comme un gong qui se répercute en écho jusqu'à la ligne grise du Lailleurs, puis sa voix s'élève.

— Nous devons retrouver Adèle et nous la retrouverons.

— Oui ! crient les Pozzis.

— L'expédition vers le Lailleurs commencera quand les ponts seront reconstruits.

— Oui ! crient les Pozzis.

— Maintenant, c'est l'heure de la distribution des tâches et il y a beaucoup à faire.

Aussitôt, les Pozzis reprennent leur activité. Même Ignace.

Abel ramasse de l'herbe avec Antoche et une Pozzi appelée Sylve. Alysse rejoint l'équipe des fabricateurs de bouillasse spéciale collante. Ulysse et Miloche, celle des fabricateurs de boulettes-rectangles. D'autres Pozzis se lancent de la boue pas encore tout à fait sèche et trouvent ça drôle.

À la fin de la journée, les Pozzis font un concert de flûtes-berceuses et Antoche chante. Il a une voix magnifique et il termine le concert avec sa flûte-à-rallonges alternant des sons brefs et longs en direction du Lailleurs. Peut-être qu'Adèle l'a entendu ? En tout cas, c'était si beau que de nombreux Pozzis, blottis les uns contre les autres, se sont endormis.

Dans sa grotte, Léonce boit un potage tiède puis s'allonge sur son lit d'herbes tressées. Elle n'a pas mal à la tête et cette nuit, elle n'aura pas d'insomnie. Aussitôt qu'elle ferme les yeux, elle rêve d'Adèle. Quelque part, elle aussi, elle dort.

Quand l'aube arrive, de nouvelles questions l'assaillent. Qu'y a-t-il dans le Lailleurs ? Que veulent dire les mots *Verlaser* ? *Serre-pont* ? *Arbêtre* ? Ai-je bien fait ? Ai-je pris les bonnes décisions ?

« Chhhhuuuut », lui dit la petite voix et cette voix est si douce que Léonce se rendort.